Ungezogene Hunde

© 2022, Peter S. Fischer
Herstellung und Verlag:
BoD – Books on Demand, Norderstedt
ISBN: 9783756815685

Das Buch

Hunde sorgen immer wieder für neue Geschichten.
Genauso wie bei Menschen, wenn es in den
Nachrichten neue Sensationen zu berichten gibt, wie
Kriege, Terroranschläge, Morde und
Vergewaltigungen. Diese furchtbaren Nachrichten gibt
es von unseren Lieblingen nicht. Sie tragen es meist
mit ihrem Kontrahenten gleich an Ort und Stelle aus
und nach ein paar Minuten ist wieder Friede. Sie haben
ein sehr gutes Sozialverhalten!

Wir könnten eigentlich in dieser Welt von unseren
Tieren viel lernen, nicht die Tiere von uns. Aber
trotzdem freuen wir uns auf die lustigen Geschichten
von unseren vierbeinigen Freunden!

Peter S. Fischer

Ungezogene Hunde

Band 3

25 lustige Hundegeschichten

Lektorat bei Elfriede Denk

Ein Hund könnte
über sein Herrchen
ebenso 25 lustige
Geschichten
schreiben.

Peter S. Fischer

Kapitel 1

Die Weihnachtsgeschenke

Eine ungewöhnliche, lustige Geschichte aus meinem Freundeskreis ist mir zu Ohren gekommen und sie bleibt eine meiner Lieblingsgeschichten.

Am Heiligabend wie üblich kommen alle Verwandten zusammen und natürlich kommen die Lieblinge auch mit, die Hunde kennen sich schon sehr lange. Die Verwandten legen ihre Geschenke am Weihnachtsbaum ab und begeben sich danach in die Wohnküche zum gemeinsamen Abendessen. Die Hunde bleiben im Wohnzimmer, sie bewachen die Geschenke. Drei Hunde waren an diesem Abend anwesend.

Der große Verwandtenkreis saß gemütlich zusammen am Tisch und sie aßen und unterhielten sich gemütlich, einem Mann fiel auf, dass es bei den Hunden im Wohnzimmer sehr ruhig war, kein Ton drang zu ihnen herüber. Er meinte: „Die Hunde sind mir zu ruhig, da stimmt irgendetwas nicht.“

Als sie mit dem Essen fertig waren, gingen alle in das Wohnzimmer hinüber und wollten mit der Bescherung beginnen. Aber was sie dann zu sehen bekamen, übertraf alles, was sie bis jetzt zu sehen bekamen. Ich hatte ein Foto gesehen, das mit einem Handy aufgenommen wurde! Die Hunde waren der Zeit voraus, sie hatten mit der Bescherung begonnen. Alle Geschenke waren ausgepackt. Zerfetztes Geschenkpapier, zerrissene Verpackungen, alles war gleichmäßig im Wohnzimmer verteilt. Ich hätte die Augen der Anwesenden sehen wollen und die unschuldigen Augen der Hunde. Natürlich waren einige Geschenke, gemütlich von den Hunden angeknabbert geworden. Der Aufschrei der Anwesenden muss nicht zu überhören gewesen sein und die drei saßen ganz unschuldig nebeneinander, als wenn nichts gewesen wäre.

Die Hunde werden sich gedacht haben, wenn wir im Zimmer eingesperrt sind und nichts von dem guten Weihnachtsbraten abbekommen, dann suchen wir gleich mal nach den Leckerlis, die wir später bekommen, die können wir doch gleich vernaschen. Dann sind wir doch keine ungezogenen Hunde.

Kapitel 2

Die Einladung

Eine ganz besondere Geschichte wurde mir erzählt. Ein Hund und eine Katze, sie lebten schon sehr lange zusammen, es hatte nie etwas gegeben, sie vertrugen sich sehr gut.

Frauchen und Herrchen der beiden, machten eine Einladung mit ihrem Freundeskreis und freuten sich sehr darüber, dass alle zusagten und sie besuchen kommen. Es sollte ein großes Essen geben und danach wollten sie alle noch lange sitzen bleiben und zusammen Spaß haben.

Sie machten einen großen Einkauf und fingen danach mit den Vorbereitungen an. Die Katze und der Hund schauten diesen Tätigkeiten gelangweilt zu und wer weiß, was sie sich dabei dachten. Sie kochten und bereiteten viele Salate und andere Gerichte in der Küche zusammen vor. Frauchen und Herrchen versprachen ihnen, dass sie heute Abend auch etwas Gutes davon abbekamen. Dass den Beiden bestimmt nicht entgangen war, dass etwas ganz Besonderes gekocht wurde.

Danach fing Frauchen den Tisch an zu decken und stellte schon die Salate und einige dazugehörige Sachen auf den Tisch. Liebevoll hatte sie alles vorbereitet, sie freuten sich schon auf den großen Zusammentreff. Sie schaute dabei immer wieder auf die Uhr und meinte, sie lagen gut in der Zeit.

Aber mit einem großen Schreck musste sie feststellen, dass sie ein ganz wichtiges Teil vergessen hatte einzukaufen und fragte ihren Mann, ob sie noch schnell wegfahren können und das nötige zu besorgen. Der Mann lachte und sagte daraufhin, sie hätten noch genügend Zeit dazu und schaltete sofort das Fleisch etwas herunter und machten sich auf den Weg. Den Hund und die Katze ließen sie alleine zurück, sie machten sich auch keine weiteren Gedanken darüber. Denn die beiden waren schon öfters alleine zu Hause geblieben und das ohne besondere Vorkommnisse.

Den beiden wurde es anscheinend zu langweilig und sie fingen miteinander zu Spielen an. Sie tobten wild durch das ganze Wohnzimmer. Die Katze muss dabei auf den Tisch gesprungen sein und der Hund hinterher und fegten alles wild durcheinander und schmissen einiges auf den Boden.

Als das Pärchen wieder nach Hause kam und sie in das Wohnzimmer schauten, musste ihnen das Herz vor Schreck stehengeblieben sein. Was sie zu sehen bekamen, muss ein totales Chaos gewesen sein.

Nichts stand mehr auf dem Tisch, so wie sie es verlassen hatten. Die Salate und weitere Zutaten waren quer durch das Wohnzimmer verteilt. Nur das Fleisch in der Bratröhre war unversehrt. Es war nichts mehr zu retten, auch das Speiseservice war zerbrochen, nichts war mehr zu gebrauchen.

Die Katze und der Hund lagen jetzt ganz brav in ihrem Körbchen und schauten sie mit ganz braven Augen von unten an und diese sagten: „Das war nur ein Versehen, das Fleisch ist ja noch in Ordnung, das ist doch das Wichtigste!"

Sie dachten sich wohl: „Wir wollten nur nachschauen, was es Gutes zu essen gibt, dabei ist uns etwas heruntergefallen."

Deswegen sind wir doch keine ungezogenen Hunde!

Kapitel 3

Die Hochzeit

Eine neue Geschichte, die ich sehr lustig fand. Eine Hochzeit, jeder denkt sich, was könnte da schon passieren, niemand rechnet mit einem Hund.

Dann fange ich mal an, zu erzählen. Ein junges Pärchen plante eine Hochzeit und da sie einen größeren und dazu noch recht verspielten Jagdhund besaßen, er hieß James. Wollten sie, dass dieser nicht bei ihrem besonderen Tag anwesend war, er würde alle Hochzeitsgäste begrüßen und würde mit ihnen spielen wollen?

So fragten sie, einige Bekannte, die sie gut kannte, ob sie nicht einen Tag auf James aufpassen könnten, sie fanden einen netten Bekannten der James sehr gut kannte und mit ihrem Hund gut umgehen konnte.

Der große Tag kam, die Hochzeit begann, das Hochzeitspaar richtete sich und der Hund wurde von dem Bekannten abgeholt. Danach machte sich das Paar zum Standesamt auf, danach mit den Gästen zum

Mittag essen. Dann machten sich alle auf zur kirchlichen Trauung.

Unterdessen musste der Bekannte mit James an einem nahegelegenen See spazieren gewesen sein, aber es regnete in dieser Zeit. James war tropfnass, aber er hatte großen Spaß an dem See mit anderen Hunden herum zu jagen.

Die Kirche, in der sich das junge Paar traute, war nur zehn Minuten von dem See entfernt und so sagte sich der junge Bekannte, da könnte ich doch mal vorbeischauen und von weitem das schöne Paar begutachten. Er lief mit James dorthin und stellte sich so hin, dass er gerade noch einen guten Blick auf den Eingang der Kirche hatte und wartete bis das junge glückliche Brautpaar herauskam.

Als sich das Tor zur Kirche öffnete und das Brautpaar herauskam und die anderen Gäste folgten, wurde der Hund unruhig. James erblickte sein Frauchen und Herrchen. Er wollte unbedingt dorthin, er drehte komplett durch, er war nicht mehr zu halten und riss sich los!

Er rannte zu seinem Frauchen und sprang, so nass und so dreckig wie er war, sein Frauchen an. James stellte sich auf und seine schmutzigen Pfoten rutschten an dem schönem herrlichen weißen Kleid herunter, das Kleid war ruiniert. Die Braut schrie: „James, nein, wo kommst du denn her, das darf nicht wahr sein!" Er sprang daraufhin sein Herrchen an und begrüßte alle anderen Gäste. Er war voller Freude, er war nicht mehr zu beruhigen, er wollte unbedingt bei Frauchen und Herrchen bleiben.

Alle wurden von James eingeweicht und beschmutzt, es gab keine Ausnahme. James hatte jetzt eine große Freude, so viele Leute zu begrüßen, das hat man als Hund nicht alle Tage. Die Leute schrien, als James sich ihnen näherte und sie anspringen wollte. Der Bekannte versuchte inzwischen James wieder einzufangen, aber es war zwecklos und zu spät. Ich beschreibe besser nicht, was das Brautpaar dem Bekannten daraufhin erzählte. Bestimmt war es nichts Freundliches?

Der Hund hatte seine Freude und sagte sich wohl: „Ich muss doch die ganzen Gäste begrüßen, das wäre doch unhöflich. Ich bin kein ungezogener Hund und darum begrüße ich alle, ohne Ausnahme!"

Kapitel 4

Fußball am See

Mein kleiner Chikomann hat eine Leidenschaft und das ist Fußballspielen, nicht mit einem kleinen Ball, nein, es muss ein großer Ball sein. Am besten die Größe von einem echten Fußball, dann geht es rund. Er braucht kein anderes Spielzeug, das langweilt ihn und lässt er liegen.

Wir waren mal wieder auf unserem Campingplatz in Franken, an einem See. Chiko und wir fühlten uns dort immer sehr wohl. Er hatte dort immer seine Freunde zum Spielen und wir kannten dort auch sehr viele Freunde und hatten unsere Ruhe.

Wir machten fast jeden Tag mit Chikomann einen größeren Spaziergang am See entlang. Wir konnten ihn ohne Leine laufen lassen, denn er kannte fast alle seiner Freunde und ich glaube, er kannte schon jede Ente bei Namen, die im See schwamm.

Eines Tages, als wir am Abend am See entlang liefen, es war ein sehr schöner Wochenendtag. Am See war immer etwas los, das gefiel uns und Chiko. Es spielten ein paar Jungs auf einer Wiese Fußball. Er lief wie immer ohne Leine und schnüffelte alles ab.

Am meisten hatte es ihm angetan, dort wo die Enten noch vor kurzem saßen, dort musste alles ganz genau untersucht werden, jeder einzelne Zentimeter, aber als er sah, dass Fußball gespielt wurde und das noch dazu mit einem großen Ball. Sein Kopf hob sich, er schaute kurz, was dort vor sich ging. Er bellte kurz und rannte sofort los, das hatte er bis zu diesem Zeitpunkt noch nie getan.

Wir wollten ihn zurückrufen, aber er war nicht mehr zu bremsen. Sofort war er in seinem Element und stürzte sich sofort auf den Ball und jagte mit dem Ball über die Wiesen. Die Jungs waren erst sehr erstaunt über den neuen Mitspieler und schimpften hinter unscrem Hund her. Denn er wollte den Ball absolut nicht mehr hergeben, aber sie konnten den Ball Chiko schnell wieder abnehmen.

Zur Überraschung bemerkten sie, mit welchem Eifer Chiko Fußball spielte und dem Ball nach jagte und keinen der Jungs etwas tat. So meinten die Jungs: „Das ist ein neues Spiel und das macht Spaß, wir lassen den Hund hinter dem Ball herjagen!"

Chiko spielte mit den Jungs, bis er nicht mehr konnte und am Ende war, die Zunge hing raus und er war fix und fertig.

Danach soff er den halben See aus, er hatte großen Durst. Später legte er sich in ein Eck im Vorzelt und schlief eine Runde, nicht einmal ein Freund konnte ihn bewegen eine Runde zu spielen. Selbst zum Fressen war er zu müde, so etwas hatten wir noch nicht erlebt, aber es gibt ja immer ein erstes Mal!

Jedes Mal, wenn die Jungs Fußball spielten, war mein kleiner Wilder dabei und er war als ein wichtiger Mitspieler, immer willkommen, alle hatten ihren Spaß dabei.

Chiko sagte sich: „Wenn irgendwo ein großer Ball ist, dann muss ich dabei sein, ich bin der Fußballstar!"

Deswegen bin ich doch kein ungezogener Hund!

Kapitel 5

Der Dachsbau

Ich hörte vor ein paar Wochen, mal wieder eine Geschichte über einen unbelehrbaren Dackel. Ich würde sagen, was ich schon von meinen Dackeln kannte, stur, was sonst!

Eine Frau hatte einen jungen Dackel und sie ging wie immer in einem nahe gelegenen Wald mit ihm spazieren, sie ließ ihn ohne Leine laufen. Plötzlich bekam der Dackelrüde etwas in seine Nase und schnell war er natürlich verschwunden, ein junger Dackel kennt keine Gnade, in diesem Fall hört er nichts mehr, er ist stur, er geht immer seiner Nase lang!

Die Frau rief ununterbrochen ihren Hund und suchte ihn, bis sie ein bekanntes Jaulen hörte, aber dieses jämmerliche Jaulen kam aus einem großen Loch und das war ein Dachsbau, hier war er hineingeschlüpft und wollte den Bewohner jagen, aber er war steckengeblieben und konnte sich nicht mehr alleine befreien. Zuerst rief sie ihren Rüden, er solle zurückkommen, aber außer sein Jaulen kam nichts zurück!

Dann fiel der Frau nichts anderes ein, als mit ihrem Handy einen Bekannten, der bei der freiwilligen Feuerwehr ist, anzurufen und die rückte an, um den sturen Dackel zu retten. Stundenlang mussten die Einsatzkräfte graben, um den Hund zu befreien. Glücklich konnte die Frau ihren total verdreckten Dackel in ihre Arme nehmen.

Ein paar Tage später machte sich diese Frau wieder auf den Weg mit ihrem Dackel und sie lief den gleichen Weg, ohne ihn anzuleinen. Der Dackelrüde bekam wieder den bekannten Geruch in die Nase und plötzlich war er wieder verschwunden.

Natürlich in den gleichen Dachsbau und wieder musste die Freiwillige Feuerwehr anrücken, um den sturen Hund zu befreien. Diesmal nahm die Frau ihren Hund nicht mehr so glücklich nach Hause, denn sie musste sich etwas von ihrem Bekannten und der gesamten Freiwilligen Feuerwehr anhören.

Wer war wohl jetzt unbelehrbar, die Frau oder der Hund! Die Frau lief ein paar Tage später wieder den gleichen Weg, ohne Leine. Der Dackelrüde war schon immer im Dorf, als ein guter Jagdhund bekannt. Er war natürlich schnell verschwunden und steckte im selben Dachsbau fest.

Frauchen bleib nichts anderes übrig, sie rief mit einem sehr schlechten Gewissen ihren Bekannten an, der natürlich nicht gerade erfreut war, den Hund noch einmal zu befreien, aber sie konnten nicht einfach den armen Rüden in seinem Schicksal überlassen und holten ihn aus seiner misslichen Lage heraus.

Aber dieses Mal bekam die Frau eine ordentliche Belehrung und ich hörte, sie bekam eine saftige Rechnung, was ich verstehen kann und sie musste eine Sozialleistung bei der freiwilligen Feuerwehr leisten, der Hund konnte sich faul in sein Körbchen legen.

Wer war jetzt unbelehrbar, der Hund oder die Frau?

Der Hund sagte sich: „Wenn Frauchen immer den glcich Weg läuft und lässt mich ohne Leine laufen. Mir kommt der bekannte Geruch von diesem Dachs in die Nase, was mache ich daraufhin, dann kann ich nicht anders, ich muss schnell verschwinden und ihn jagen, das ist mein Instinkt!"

Ich bin ein guter Jagdhund und kein ungezogener Hund?

Kapitel 6

Heftiger Regen

Ich hatte, nicht unweit von meiner Wohnung, eine gute Bekannte, sie hatte vor kurzem einen netten Mischlingshund erhalten, sie hatte das schöne und ruhige Tier aus einem Tierheim herausgeholt, keine Ahnung was für Rassen in diesem Hund vereint waren, er hat allerdings eine beachtliche Größe und ist stattlich gebaut. Er wog bestimmt ca. vierzig Kilo!

Bald darauf, an einem schönen Sommertag, lief sie sich mit ihrem neuen Freund einen größeren Spaziergang, damit sie sich kennenlernen, natürlich ließ sie ihn nicht von der Leine. Das liebe Tier lief ohne zu zicken brav neben her. Die Bekannte hatte sichtlich Freude mit ihrem stattlichen Freund, sie erzählte mir, dass sie bis jetzt noch nie so einen braven und ruhigen Hund aus dem Tierheim erhalten hätte. Diese Frau war sichtlich froh über ihren neuen Familienzuwachs und strahlte dabei vor Freude!

Plötzlich zogen an diesem Tag dunkle Wolken auf und sie machte sich nach einem einstündigen Marsch, sicherheitshalber auf dem Rückweg. Denn sie wollte nicht unbedingt nass werden, je näher die dunklen Wolken kamen, umso schneller liefen sie.

Aber sie schaffte es doch nicht, plötzlich fing es auf den letzten Metern an zu regnen, wie aus Kübeln goss es auf sie und ihren neuen Freund herunter. Ich war gerade noch im Garten, denn ich wollte noch ein paar diverse Sachen, vor dem Regen in Sicherheit bringen und konnte alles genau beobachten.

Kaum klatschten die ersten dicken Regentropfen herunter. Machte der Hund einen Stopp und ging keinen Meter mehr weiter, warum machte er das, kann niemand sagen? Die Frau zog an der Leine, aber der Hund stemmte sich mit voller Kraft dagegen. Keinen Meter brachte die Frau den Hund mehr weiter. Sie versuchte das Tier anzuheben und nach Hause zu tragen, aber das Tier war für sie zu schwer.

Deswegen machte ich mich auf und lief schnell zu ihr um den Hund die paar Meter bis zu ihrer Wohnung zu ziehen. Gemeinsam stemmten wir uns gegen die Kraft des kräftigen Tieres und so schafften wir es mit vereinten Kräften den Hund in ihre Wohnung zu ziehen, erst als der Hund von ihr abgetrocknet war, wurde er wieder der Alte und war froh, dass er im Trockenen war.

Warum der Hund sich so verhielt, weiß nur er selbst? Mit so einer Reaktion hatte die Frau von ihrem lieben Hund nicht gerechnet. Sie ging in Zukunft mit ihrem Hund öfters im Regen hinaus und bald darauf gab es sich, dass der Hund im Regen nicht mehr laufen wollte, im Gegenteil. Er wurde immer schneller und wollte nur noch in sein trockenes Reich!

Nur, das Komische daran war, er liebte eigentlich Wasser. In einem See oder Fluss herumtollen und schwimmen, das mochte er. Er wollte gar nicht mehr aus dem Wasser, man musste ihn bestimmt zehnmal rufen, bis er endlich kam.

Der Hund dachte sich wohl, ich mag kein Wasser von oben, ich will im Regen nicht laufen, dann bleibe ich einfach stehen, bis es aufhört, was ist so schlimm daran?

Deswegen bin ich doch kein ungezogener Hund?

Kapitel 7

Plätzchen mit einer Zugabe

In unserer Nachbarschaft lebte ein junger Golden Retriever. Dieser Hund ist normal eine feine Hundedame, aber sehr verfressen, nichts hält sie auf von allem zu naschen, was sie sieht oder riecht, wird sofort vernascht, sie besitzt keinen Skrupel, wenn sie sich unbeobachtet fühlt, sogar etwas vom Tisch zu klauen. Kira ist ihr Name, sonst sehr wohlerzogen, aber wenn es ums fressen geht, dann vergisst sie oft ihre guten Manieren und wird zur Diebin. Wenn sie beim Gassigehen etwas entdeckt! Schwups ist alles in ihrem Maul verschwunden.

So kam Frauchen und Herrchen auf eine Idee, sie platzieren feine Plätzchen auf dem Wohnzimmertisch und jedes des feinen Gebäcks bekommt eine kleine Zugabe, in Form eines scharfen Senfs und dazu wird alles noch von einer Videokamera aufgezeichnet, dann ging das Pärchen außer Haus einkaufen.

Als sie nach Hause kamen, waren alle Plätzchen verschwunden, so hatte es sich das Pärchen eigentlich nicht ausgemalt, sie hatten gedacht, dass nach dem Verzehr des ersten Plätzchens der scharfe Senf seine Wirkung zeigte und Kira ihren Hunger auf die restlichen Süßigkeiten vergeht, aber es war nicht so!

Meine Frau und ich durften uns die Aufzeichnung anschauen, was wir zu sehen bekamen, hätte man in einem Comicfilm ohne weiteres unterbringen können. Nachdem die Hundebesitzer gegangen waren, setzte sich Kira sofort in Bewegung und begann einen kleinen Rundgang durch die gesamte Dreizimmerwohnung und es dauerte nicht lange, dann hatte sie die Plätzchen entdeckt.

Mit großen Augen schaute sie die Plätzchen an, sofort lief ihr der Sabber links und rechts aus dem Maul, die Gier setzte sofort bei ihr ein. Sie traute sich noch nicht und lief sicherheitshalber noch einmal um den Tisch, der Sabber lief jetzt in Strömen aus dem Maul.

Daraufhin dachte sich Kira, schaue ich doch mal unter dem Tisch und begutachte die Lage erst mal von unten, aber da sah sie nur den Teller, aber nicht das sie wollte. Sofort richtete sie sich auf und ihr Blick ging daraufhin auf die verführerischen Süßigkeiten, ihre Augen wurden immer größer, ungebrochen lief der Sabber aus ihrem Maul und ihr Kopf bewegte sich ganz langsam auf das verbotene Gebäck zu.

Dann schnappte sie zu und schnell war das erste Plätzchen verschwunden. Sie bemerkte, das sah man ihr an, das schmeckt nicht so, wie sie das erhofft hatte und sah noch einmal auf den Teller. Sie schluckte sichtlich und schnaufte tief durch, man sah ihr an, dass sie bemerkt hat, dass die Plätzchen scharf sind.

Trotzdem ging der Blick noch einmal auf den Teller und der Hunger war größer als die Wirkung der scharfen Plätzchen, ein Senfplätzchen nach dem anderen verschwand in ihrem großen Maul, bis der Teller leer war.

Kira sagte sich sehr wahrscheinlich, wenn die Plätzchen schon so auf dem Tisch herumliegen und keiner mag, dann versuche ich sie erst mal, aber so wie sie schmecken, ist das kein Wunder, dass sie keiner fressen will, dann vernichte ich sie alle, einmal tief durchatmen, dann geht das schon. Ich habe einen großen Hunger!

Deswegen bin ich doch kein ungezogener Hund? Ich vernichte nur das, was keiner mag!

Kapitel 8

Die Taschentücher

Beim Gassigehen kommt man zwangsläufig zu einem Gespräch mit anderen Hundebesitzern, wenn die Hunde sich austoben und spielen, dann bekommt Frauchen oder Herrchen viele Geschichten der vierbeinigen Rasse zu hören. Diese Geschichte handelt von einem Labrador, der alles frisst, was ihn im Weg kommt.

Er ist ein ganz lieber und sonst ein braves Tier, ein Rüde, Charly wird er genannt. Seine Augen sagen, ich kann nichts Unerlaubtes tun, ich folge meinem Herrchen aufs Wort, aber wenn ich alleine bin, was ist dann?

Frauchen hatte uns an einem Nachmittag erzählt, wenn Charly alleine ist, macht er immer einen Streifzug durch das gesamte Haus. Er kann selbstständig die Türen öffnen, das ist für den etwas größeren Hund absolut kein Problem.

Er kann nichts herumliegen sehen, das muss er sofort genauer untersuchen und wenn es ihm passt, dann wird es sofort gefressen, er ist schlimmer, als ein Kleinkind, alles muss in sein gefräßiges Maul, er ist wie ein Staubsauger oder ein Müllschlucker!

Das Frauchen muss selbst immer wieder bei ihrer Erzählung lachen und Charly schaut dabei ganz unschuldig drein, man sieht ihm an, dass er genau spürt, dass die Geschichte über ihn handelt.

Er sagt sich, mein Frauchen soll nicht so einen Scheiß über mich erzählen, ich bin ein gut erzogener Hund, ich mache nur den ganzen Hausputz und entsorge alles wie es sich gehört!

Dann berichtete die Frau, dass Charly immer wieder auf herumliegende Papiertaschentücher stößt und die kann er absolut nicht herumliegen sehen, er zieht sie aus der Plastikverpackung und frisst sie komplett auf.

Nicht ein einziges kleines Stück lässt er übrig, nur die Plastikverpackung lässt er übrig, die Frau kann nicht verstehen, was der Hund an einem Taschentuch so gut findet und wie er sie aus der Verpackung herausziehen kann, das war für die Frau unerklärlich.

Sie meinte, die können doch nach gar nichts schmecken, aber er hat einfach ein Faible, wenn er sie findet, dann müssen sie vernichtet werden. Sie muss immer darauf aufpassen, dass sie kein Papiertaschentuch herumliegen lässt, besonders wenn sie außer Haus geht, dann sind sie mit Sicherheit verschwunden.

Er hat zwar daraufhin einen Stuhlgang mit weißen Flocken drin, aber das gibt sich dann wieder mit der Zeit. Charly ist eben ein Taschentuchfan, da kann man nichts machen. Sie hat schon deswegen mit einem Tierarzt gesprochen, aber dieser meinte, sie können keinen großen Schaden anrichten!

Charly meinte eben, wenn mein Frauchen eben die Rotz-Tücher herumliegen lässt, dann muss ich sie eben aufräumen, besser gesagt vernichten. Ich bin ein ordentlicher Hund und richtig entsorgt sind sie auch gleich, alles Bio!

Deswegen bin ich doch kein ungezogener Hund?

Kapitel 9

Kaffeekränzchen

In meiner Umgebung lebt ein uns bekannter Mann mit einem Schäferhund Rüde. Hasso, ein ganz Lieber, er folgt aufs Wort, denn Herrchen geht regelmäßig mit ihm in die Hundeschule und Hasso beherrscht alles, was ihm dort beigebracht wurde.

Was meiner Frau und mir einmal erzählt wurde, war sehr ungewöhnlich, aber ließ uns trotzdem Tränen vor Lachen in die Augen schießen.

Es war ein schöner Sommertag und lud zu einem schönen gemütlichen Kaffeekränzchen auf der Terrasse ein, denn sie hatten einige Gäste eingeladen, was bei ihnen nichts Ungewöhnliches war. Hasso hatte sich gemütlich neben den Tisch zu den Leuten gelegt, denn der Hund war sehr anhänglich und neugierig. Überall wo sein Herrchen hinging, Hasso war dabei!

Niemand hat gerechnet, dass weiterer Besuch im Anmarsch war und das auf vier Samtpfoten. Eine Nachbarkatze, sie wusste eigentlich, dass der große Hund immer im Garten war und er absolut keine Katze in seinem Revier duldete. Die Katze sprang über den Zaun und lief ganz gemütlich quer durch den Garten auf die Terrasse zu, hatte sie Hasso nicht bemerkt, war sie mit den Gedanken ganz woanders, hatte sie gedacht, dass der Hund um diese Zeit nicht draußen war? Auf jeden Fall war das ein folgenschwerer Fehler!

Hasso war sofort hellwach und hatte sofort seinen Kopf erhoben und witterte den Eindringling, blitzschnell war er auf den Beinen, die Katze sträubte ihr Fell und machte einen Buckel, sie war total erschrocken.

Die Katze versuchte daraufhin ihr Glück in der Flucht, dass ihr nicht gelang, denn Hasso war schneller, mit ein paar schnellen Sprüngen hatte er ihr den Weg abgeschnitten, so musste die Katze einen anderen Weg einschlagen und wagte daraufhin, einen riesigen Sprung und landete inmitten auf den Kaffeetisch. Kaffeetassen flogen um und auf der Flucht zerstörte sie die gute Torte und weitere Kuchenstücke flogen auf den Terrassenboden. Die Gäste schrien und fluchten und versuchten die Katze zu verjagen. Das schöne Kaffeekränzchen war unterbrochen.

Hasso war voll in seinem Element, er konnte Katzen absolut nicht riechen und hatte seine Wut und rannte wie ein Rambo hinterher und zum großen Unglück, prallte er mit voller Wucht gegen den Kaffeetisch, dass überhaupt nichts mehr an seinem Platz war, alles flog wild durcheinander, der Tisch neigte zur Seite und drohte umzukippen. Ein paar Gäste reagierten blitzschnell und verhinderten, dass noch größere Malheure. Aber das meiste Porzellan war schon auf dem Terrassenboden zerbrochen.

Die Katze war inzwischen mit einem Satz vom Tisch gesprungen, rannte blitzschnell durch den Garten und war letztendlich schnell über den nahegelegenen Zaun gehüpft und hatte sich endlich in Sicherheit gebracht.

Der Kaffeetisch war abgeräumt, die Leute schimpften auf Hasso ein. Der saß wie ein begossener Pudel da und verstand die Welt nicht mehr, denn er hatte doch nur eine böse Katze verjagt und dieses blöde Vieh war die Schuldige, die soll zur Rechenschaft gezogen werden, nicht er, war er der Meinung!

Inzwischen saß die Katze nicht weit vom Gartenzaun entfernt in einer Wiese und legte ihre Pfoten ab, klar sie hatte noch die süße Torte und Kuchen daran kleben, muss das gut geschmeckt haben.

Hasso sah natürlich die Katze und ein böses Knurren ging durch seine Kehle, sofort bekam Hasso „ein Aus!", von seinem Herrchen zu hören. Die Katze hatte sehr wahrscheinlich daraufhin Hasso ausgelacht, aber er hatte bestimmt Rache geschworen und die Gäste, Frauchen und Herrchen schimpften den armen Hund noch aus.

Für Hasso war es ein rabenschwarzer Tag, den er bestimmt nicht so schnell vergessen hat und die Katze macht bestimmt in Zukunft einen großen Bogen um dieses Grundstück!

Hasso hatte sich gedacht, wenn die Katze nicht quer durch meinen Garten gelaufen wäre, hätte ich sie nicht gejagt. Meine Aufgabe ist, sie zu verjagen und das mit allen Mitteln, die ich zur Verfügung habe, ich kann doch nichts dafür, wenn das blöde Mistvieh auf dem Kaffeetisch landet. Ich kann Katzen überhaupt nicht ausstehen, die gehören nicht in mein Revier, das ist mein Gesetz!

Deswegen bin ich doch kein ungezogener Hund?

Kapitel 10

Senf

Dieses Mal bekam ich eine neue Story von einem Arbeitskollegen erzählt, er bekam vor kurzem einen Hund, einen Rüden von einer Auffangstation. Er hatte sich sehr auf den Hund gefreut, es war ein etwas größerer Mischling, natürlich hatte er einige Fotos von ihm gemacht und allen Freunden und Kollegen gezeigt.

Natürlich sah er sehr süß aus, obwohl er schon eine beträchtliche Statur hatte. Er sollte angeblich so ungefähr vier alt gewesen sein, natürlich war er sein ganzes junges Leben lang ein Streuner, die Familie und der Hund mussten sich erst aneinander gewöhnen und sein Herrchen konnte bald mit einer Erziehung beginnen, er hatte sich natürlich bei einer Hundeschule angemeldet.

Angeblich war der Hund sehr lieb und passte sich der Familie an, aber man sollte auch zugeben, der Hund kannte nichts, er hatte noch nie eine Erziehung bekommen, einen vier Jahre alten Hund stelle ich mir vor, kann man nicht so schnell einfach erziehen.

Nach seiner Erzählung, an einem Wochenende saß die ganze Familie am Tisch, sie machten zusammen Brotzeit, natürlich bekam sein Hund auch vom Tisch etwas ab. Er bettelte angeblich nicht, er wartet geduldig, bis er ein Leckerli bekam und verschlang es mit einem Biss.

Nach der Brotzeit verließen alle den Tisch und sein Frauchen räumte den Tisch ab. Sie wurde aber unter dem abräumen zu den Kindern gerufen und die große Senfflasche blieb auf dem Tisch stehen, irgendwie musste dem Hund die Flasche neugierig gemacht haben und er konnte nicht widerstehen. Natürlich, mit seiner Größe war es für ihn keine große Kunst die Senfflasche vom Tisch zu stehlen. Ruckzuck hatte er die Flasche im Maul und verschwand mit dem Diebesgut in sein Körbchen.

Frauchen war nur ein paar Minuten bei den Kindern und kam schnell wieder zurück und der Tisch war aber leer. Die Senfplastikflasche war verschwunden. Es war nicht zu übersehen, wer sie geklaut hatte.

Eine grüne Spur führte durch das Esszimmer bis zu seinem Körbchen, natürlich hatte er schon unterwegs kräftig auf der Flasche herumgekaut. Dementsprechend sah die Spur aus, er hatte bei jedem Biss den Senf herumgespritzt. So sahen die Wände, Möbel und der Boden aus, der Hund hatte sich viel Mühe gegeben, den Senf zu verteilen.

Er lag gemütlich in seinem Körbchen und kaute auf der Flasche herum, als wäre es für ihn ein Spielzeug und auch er hatte genügend Senf abbekommen. Total verschmiert lag der Rüde in seinem Körbchen, es sah so aus, als müsse er nach seinem Abenteuer eine kräftige Dusche bekommen.

Daraufhin bekam er natürlich von Frauchen und Herrchen noch eine Portion Senf ab, in Form einer Rüge und Erziehung und danach ab ins Bad. Frauchen konnte den Putzeimer hervorholen und die Sauerei wegwischen. Diese Lektion allerdings hatte sich der Rüde genau gemerkt und klaute nie mehr etwas vom Tisch. Sehr wahrscheinlich hatte die unfreiwillige Dusche gewirkt, die mag er überhaupt nicht!

Der Hund hatte sich wohl gedacht, das grüne Spielzeug, das ist interessant, das trage ich in mein Körbchen und spiele damit, ich kenne so etwas nicht, das muss ich mal genauer untersuchen!

Deswegen bin ich doch kein unerzogener Hund!

Kapitel 11

Guter Geschmack

Mein erster Hund, ein Yorkshire Terrier war eine echte Dame, sie benahm sich auch so, sie fraß nie alles, was ihr hingestellt wurde! Wir ließen das Fressen daraufhin etwas länger stehen und trotzdem rührte sie es nicht an.

Sie zeigte es uns sofort, wenn ihr die Mahlzeit nicht behagte, sie verzog sofort ihre Nase, maulte und knurrte vor sich hin und stapfte davon. Das machte sie so ein paar Mal, ganz auffällig, damit wir es mitbekommen, dass ihr die Mahlzeit nicht passte, so zusagen, den Dreck was ihr mir heute hingestellt habt, den könnt ihr selber fressen. Was sagte uns das, wir hatten unsere Hundedame ganz schön verzogen oder sie hatte einfach einen guten Geschmack!

Meine Frau und ich schauten immer die Werbungen der einzelnen Discounter durch und zu unserer Verwunderung sahen wir ein Zwiebelfleisch zu einem Schnäppchenpreis. Wir dachten uns damals, das ist wirklich billig und ein Zwiebelfleisch hatten wir schon lange nicht mehr in der Pfanne.

Daraufhin fuhren wir los und kauften das gute Stück und wir freuten uns schon auf das gute Fleisch. Am darauf folgenden Wochenende kamen die zwei Scheiben Rindfleisch in die Pfanne und wir bereiteten uns Käsespätzle dazu, genauso wie es in vielen Gaststätten angeboten wurde, uns lief schon beim Anbraten das Wasser im Mund zusammen.

Nach einer kurzen Zeit berichtete mir meine Frau, das Fleisch wird überhaupt nicht weich, im Gegenteil, es ist total zäh, das ist kein Zwiebelfleisch, das ist ein Suppenfleisch, nichts anderes und so etwas verkaufen sie.

Wir versuchten es zu schneiden, um es zu kosten, es schmeckte überhaupt nicht und war zäh wie Kaugummi, das konnte man nicht essen.

Daraufhin meinten wir, wird sich unsere Hundedame über das gute Fleisch freuen, schnitten das Rindfleisch in kleine mundgerechte Stücke und stellten es ihr zum Fressen hin.

Wundern brauchten wir uns nicht, die feine Hundedame lief voller Freude auf ihre Futterschüssel zu, schnupperte kurz daran, zog ihre Nase hoch und lief beleidigt von dannen, das machte sie ein paar Mal, dann konnten wir das Fleisch wegschmeißen.

Aber zum Glück hatten wir noch Käsespätzle, die konnten wir mit Appetit essen und so hatten wir halt ein vegetarisches Gericht. Wir taten unserem Hund auch ein klein wenig in die Schüssel und die Käsespätzle waren schnell verschwunden.

Sie schleckte danach ihre Schnauze ab und war sichtlich zufrieden! Die kleine Hundedame liebte Käse, sie bekam immer ein wenig davon in ihr Fressen beigemischt!

Die feine Dame meinte, ihr glaubt, ihr könnt mir jeden Dreck hinstellen, das war doch kein gutes Fleisch, ich erkenne das gleich, so etwas stellt man doch keiner Dame hin, das war doch nur ein Fraß und kein leckeres Fressen! Wenn ihr es schon nicht wollt, ich erst recht nicht!

Deswegen bin ich kein ungezogener Hund, denn ich mag einfach nicht alles.

Kapitel 12

Chili

Ein guter Bekannter erzählte mir eine nette
Geschichte, er besaß eine Labrador-Dame und diese
konnte es einfach nicht lassen, gerade wenn gekocht
wurde, ihre Nase überall hineinzustecken. Wenn die
Zutaten verlassen auf dem Tisch standen, sie musste
einfach einmal daran schnuppern. Geklaut hatte sie nie!

Die Neugierde und die feine Nase drängte sie einfach,
sie muss einmal nachschauen, was wird den heute
gekocht, was wird heute auf den Tisch kommen.
Vielleicht könnte etwas für mich dabei sein, wenn es
gut ist, bekomme ich vielleicht einen guten Happen ab?

Dieser gute Bekannte kocht aber manchmal auch sehr
scharf und so griff der gute auch mal an das Chili
Gewürz. Er würzte an diesem Tag sein Fleisch
ordentlich scharf, er wollte die Schärfe richtig spüren.
Nachdem er alles gewürzt hatte, wollte er eine
Zigarette auf dem Balkon rauchen und vor dem Essen
noch mit seiner Dame hinausgehen.

Aber plötzlich hörte er ein Jaulen in der Küche, sofort ging er in die Küche und sah seine Hunde-Dame auf dem Boden liegen, ihre Pfoten strichen immer wieder über ihre Nase und seine Hündin musste immer wieder niesen. Jetzt war ihm alles klar, der Hund konnte es nicht sein lassen, sie hatte ihre Nase an dem scharfen Fleisch und den feinen Geruch mit dem Chili Pulver zu tief eingezogen. Sie hörte überhaupt nicht auf zu niesen und jammerte ein wenig vor sich hin.

Trotzdem ging er mit seiner Hündin hinaus und sie musste immer weiter niesen, aber die Abstände wurden immer größer und ihr jammern hatte bald aufgehört, nachdem sie ihre Umgebung beschnüffelt hatte. Das Herrchen sagte zu seinem Hund, wer nicht hören will, der muss fühlen.

Sein Hund tat ihm in diesem Moment sehr leid, aber seid diesem Tag, kam ihre Nase nie mehr auf den Tisch, sie war dann sehr vorsichtig, wo sie ihre Nase reinsteckte. Das Problem war gelöst.

Die Hunde-Dame meinte, wenn die Sachen so gut riechen, dann muss ich doch mal dran schnüffeln, ich nehme doch nichts weg.

Deswegen bin ich doch kein ungezogener Hund!

Kapitel 13

Das Kopfkissen

Ich habe einen sehr netten Arbeitskollegen, er ist ein absoluter Hundeliebhaber, sein langjähriger Kamerad ist in einem sehr hohen Alter gestorben. Nach circa einem viertel Jahr fehlte ihm etwas, er vermisste seinen alten, vierbeinigen Kamerad, er schaute sich um, er wollte unbedingt wieder einen Hund besitzen. Mein Arbeitskollege ging daraufhin öfters in ein Tierheim und fragte dort nach.

So kam es eines Tages, dass er eine Information bekam, dass eine bekannte Tierschützerin vom Tierheim, Hunde aus einer Tierversuchsstation bekam. Der Kollege begutachtete die Hunde und verliebte sich sofort in eine circa ein Jahr alte Hündin, ein größerer Hund, etwa die Größe von einem Labrador, die ein paar Tage später in sein Heim kam.

Das Tier war sehr verängstigt, sie traute sich kaum etwas machen, selbst beim Gassigehen hatte sie sehr große Angst. Aber sie gewöhnte sich doch sehr schnell an die neue Umgebung, die Angst legte sich nach und nach. Aber außerhalb ihres Reviers blieb die Angst noch sehr lange.

Nach circa einem viertel Jahr, wusste die Hündin, dass es ihr zu Hause war, sie wurde immer flegelhafter, sie nahm die Couch ein, sie wusste, dass sie es gut bei ihrem Herrchen hatte.

Der Garten gehörte ihr, sie konnte alles tun. Mein Kollege ging mit ihr bald in eine Hundeschule, der Hund musste unbedingt erzogen werden. Er glaubte, nach einer gewissen Zeit, dass sein Tier sehr gut erzogen war.

Eines Tages ging mein Kollege am Wochenende in den ersten Stock, wo sich sein Schlafzimmer befand und besorgte sich ein paar Utensilien für die Dusche, der Hund folgte ihm in das Schlafzimmer. Ihm interessierte in diesem Moment nicht, was seine Hunde-Dame tat, denn er glaubte, dass sein Hund nichts Unerlaubtes anstellen würde!

Nachdem mein Kollege aus der Dusche kam und im Schlafzimmer stand, stutzte er, sein Hund hockte stolz auf dem Bett, das ganze Schlafzimmer war mit Daunen übersät, es schneite, seine Hündin hatte sein Kopfkissen und die Bettdecke zusammen gebissen und die Daunen herausgezogen und im ganzen Schlafzimmer verteilt.

Die Hündin hatte großen Spaß mit den schwebenden Teilchen, sie schnappte nach ihnen, wenn sie an ihr vorbeischwebten. Danach zog sie wieder neue Daunen aus der zerbissenen Bettwäsche. Die Bettwäsche war total hinüber, er konnte eine Neue kaufen!

Als mein Kollege schimpfte, konnte die Hündin es gar nicht verstehen, was so einen großen Spaß macht, das soll böse sein? Sie wollte sogar mit ihrem Herrchen spielen! Der Hund bekam natürlich eine massive Rüge zu hören. Später ging sie auch nicht mehr ins Schlafzimmer, das war seit diesem Tag, Tabu für sie.

Aber damals dachte sich der Hund, ich bin doch eine tolle Dame, ich kann es mitten im Sommer schneien lassen, da kann ich doch kein ungezogener Hund sein?

Heute ist der Kollege und die Hündin die dicksten Freunde geworden und ich bin überzeugt, dass es dem Tier aus der Tierversuchsstation ein Hundeleben lang gut geht.

Vielleicht wird sie genauso alt, wie sein ehemaliger Kamerad, wünschen kann man es, dass die beiden sehr lange zusammen sein können!

Kapitel 14

Die Fliege

Eine weitere Geschichte erzählte mir mein Kollege von seiner Hündin, die auch sehr lustig und sehr ungewöhnlich war, deswegen muss ich euch diese Story unbedingt erzählen!

Mein Kollege hatte mir berichtet, dass seine Hündin ein Faible hat, sie kann es nicht lassen, Fliegen, Wespen und Bienen zu jagen, egal ob sie sticht. Sie wurde schon einmal in die Schnauze gestochen, aber das hielt nicht lange an. Der Jagdinstinkt in ihr ist zu groß, sie muss jedes fliegende Vieh bekommen, alles was um sie herum schwirrt, egal wie!

Auf jeden Fall kam er eines Tages von der Arbeit nach Hause, es war ein schwerer Tag, er hatte sehr viel Arbeit und war sehr müde.

Er ging mit seiner Hündin Gassi und spielte mit ihr Ball, danach dachte er sich, legt er sich ein Stündchen hin, schaltet sein Radio an und ruht sich ein wenig aus und danach geht er noch einmal mit seiner jungen

Freundin eine große Gassi-Runde, dass sie sich richtig austoben kann.

Mein Kollege lag auf der Couch ganz entspannt und war gerade etwas eingeschlafen. Der Hündin war es wahrscheinlich sehr langweilig und suchte nach einer Beschäftigung.

Plötzlich entdeckte die Hündin im Wohnzimmer eine Fliege. Dieses kleine Tier interessierte sie, das war ihre Chance, die Hündin konnte sie nicht aus den Augen lassen. Eine Fliege in ihrem Revier, das darf nicht sein. Die Hündin verfolgte sie durch das ganze Zimmer.

Überall, wo das Miststück hinflog, war auch die Hündin. Sie dachte sich, das Tier muss man doch fangen können. Aber das kleine Tier war immer flinker als sie und war immer schnell an einem anderen Ort. Das konnte die Hündin nicht zulassen, ihre Augen waren starr auf die winzige Fliege gerichtet.

Irgendwann war es so weit, dass die Fliege an das Fenster flog, wo sich die Couch befand, die Hündin überlegte nicht lange und sprang auf die Couch, auf der sich mein Kollege befand.

Sie sprang rücksichtslos mit einem riesigen Satz auf ihn und eine Pfote stieß in seine Weichteile, ich glaube, man braucht nicht viel darüber erzählen, was dann passierte und was das für Schmerzen waren. Er war sehr schnell von dem Schmerz der diese Pfote verursachte wach und der Hund flog mit einem Satz von ihm herunter.

Mein Kollege erzählte, den ganzen Abend hatte er den Schmerz gespürt. Die Fliege lacht wahrscheinlich heute noch über diesen Vorfall!

Die Hündin hat sich, dass nur eine kurze Zeit gemerkt, der Jagdinstinkt kam immer wieder durch, er rügt sie immer wieder mit der Zeitung, wenn eine Fliege vorüberfliegt, wird der Hund ganz unruhig und die Augen und der Kopf verfolgen sie ganz genau.

Der Hund denkt sich sehr wahrscheinlich, ich kann es nicht ausstehen, wenn so ein fremdes Tier durch mein Revier, Wohnung oder Garten schwirrt.

Wenn ich dieses Mistvieh vernichte, dann bin ich doch kein ungezogener Hund!

Kapitel 15

Das Bett

Wie so oft beim Gassigehen, bekamen wir eine neue lustige Geschichte erzählt und wir erhielten die Bestätigung, dass der wohlerzogenste Hund auch über die Stränge schlägt, wenn er mit einem gleich gesinnten Freund zusammen ist.

Gute Bekannte erzählten uns, dass sie eingeladen waren bei einem Ehepaar, sie sind mit ihnen sehr gut befreundet und natürlich besitzen sie auch einen Hund. Die Idee war, sie wollten herausfinden, ob sich die Hunde gut vertragen, denn beide Vierbeiner waren Rüden, das muss nicht immer klappen?

Als sie bei ihnen ankamen, spielten die vierbeinigen Lieblinge natürlich erst die Hauptrolle, sie waren die Stars in dieser Wohnung, alles drehte sich nur um die beiden Vierbeiner und erhielten natürlich sofort ein Leckerli, den Lieblingen muss es immer gut gehen, nur das Beste ist gut genug! Die Hunde verstanden sich sofort, es waren keine großen Hunde, beide gehörten der kleineren Gewichtsklasse an.

Die kleinen Hunde spielten sofort miteinander und durften durch die Wohnung rennen, das machte dem Ehepaar überhaupt nichts aus, im Gegenteil, sie freuten sich darüber, dass sie sich ein bisschen verausgabten und sich vertrugen. Nur wer von den beiden frecher und quirliger war, das konnte man auf den ersten Blick nicht herausfinden.

Die beiden Ehepaare saßen am Tisch und unterhielten sich, tranken und aßen zusammen ganz unbekümmert, keiner achtete auf die Hunde, was sie taten. Nur als es immer später wurde und das uns bekannte Ehepaar gehen wollte, fiel ihnen auf, dass man ihre Lieblinge nicht sah und von ihnen nichts mehr hörte, sie waren verschwunden. Nichts rührte sich mehr, beide Ehepaare fanden, das sehr verdächtig. Wo haben sich die kleinen Hunde zusammen versteckt?

Sie suchten zusammen jedes Zimmer der Wohnung ab und dann fiel ihnen auf, dass die Tür zum Schlafzimmer einen Spalt auf war. Sie machten ganz langsam die Türe auf und schalteten das Licht an und wo waren die beiden kleinen Schlawiner. Lang ausgestreckt lagen die Beiden eng nebeneinander, ganz faul im Bett und schliefen.

Für meinen Bekannten war das ein großer Schock, wütend war er, denn sein Hund durfte nie im Bett schlafen! Denn sein Hund ist ein gut, erzogener Hund, so etwas würde er nie tun, denn er ist jedes Wochenende mit ihm in der Hundeschule, der Hund weiß, was er machen darf! Jetzt schläft er mit seinem Freund in einem fremden Bett, das war zu viel für meinen Bekannten!

Sofort bekam der kleine Flegel eine Rüge und beförderte ihn grob aus dem Bett und entschuldigte sich bei dem Ehepaar, aber die lachten nur, denn ihr Kleiner darf im Bett schlafen, auch wenn sie im Bett sind, das macht ihnen überhaupt nichts aus, ihr Hund darf alles machen!

Der kleine Hund dachte sich, warum bin ich ein ungezogener Hund, wenn mich der Hausherr eingeladen hat, in dem schönen weichen Bett zu schlafen, es war so schön und gemütlich. Vor allem, das probiere ich gleich zu Hause aus!

Deswegen bin ich doch kein ungezogener Hund!

Kapitel 16

Ball spielen

Unser kleiner Chikomann ist etwas älter und ruhiger geworden, aber er ist noch immer nach einem Ball verrückt und wir dachten, er hat sonst keine weiteren Flausen im Kopf, denn er ist gut erzogen und weiß eigentlich, was er tun darf und was für ihn tabu war.

Aber auch ein kleiner, braver Hund kann immer wieder für eine lustige Geschichte sorgen, die man erzählen will. Besonders wenn es für den Hund um eine wichtige Sache geht, seine geliebten Spielsachen!

Wir gingen wie so oft mit unserem Chiko bei einem für uns bekannten Sportplatz spazieren, es war ein schöner Sommerabend. Für unseren kleinen Hund haben wir immer einen Tennisball dabei, damit er sich etwas austoben kann, das ist für ihn die wichtigste Zeit, darauf wartet er schon den ganzen Tag und kann es nicht erwarten bis er ins Auto darf und wir das Auto abstellt haben, ganz ungeduldig springt er aus dem Auto und den Ball hat er dabei immer im Auge.

Wir warfen den Ball für Chiko immer wieder, damit er hinterherjagen kann und etwas müde wird. Alles ging wie immer gut, alles war wie immer. Unser Hund rannte unermüdlich dem Ball hinterher und holte ihn. Er konnte es nicht erwarten, dass ich den Ball erneut wieder für ihn warf und er hinterherrennen konnte. Unterdessen liefen wir unsere gewohnte Runde um den Sportplatz weiter und unser Hund hatte seine Beschäftigung und war sehr zufrieden.

Als wir nur noch ein paar Meter zu unserem Auto hatten, kamen wir wie immer an ein paar Parkbänken vorbei und ich hatte keine Bedenken den Ball für ihn zu werfen. Der Weg hat an dieser Stelle ein kleines Gefälle und der kleine Tennisball rollte ausgerechnet unter eine Parkbank, auf dieser saßen ein paar junge Leute, die sehr vergnügt waren.

Unser Hund rannte dem Ball hinterher, jetzt war aber der Ball unter die Parkbank gerollt und dort saßen ein paar junge, für ihn fremde Leute und er wollte unbedingt an den Ball kommen. Chiko kannte keine Gnade, er rannte wild bellend um die Bank herum. Ich hinterher und holte unter der Bank schnell den Ball hervor und entschuldigte mich für dieses Malheur.

Die jungen Leute waren sehr erschrocken und wussten überhaupt nicht, warum Chiko sie so anbellte, denn sie kannten ihn und hatten ihn schon oft beim Spielen zu gesehen. Ich erklärte ihnen die Sachlage, dass unser kleiner hitziger Ballspieler unbedingt den Tennisball haben wollte, aber er traute sich nicht und er glaubte, wenn er lautstark bellt, dann kommt der Ball alleine zu ihm zurück.

Das Gelächter war groß, die jungen Leute nahmen den Schreck somit gelassen hin und er bekam seinen geliebten Ball wieder. Chiko bekam hinterher mit dem Ball im Maul von ihnen noch ein paar Streicheleinheiten und die Sache war vergessen. Trotzdem war es für uns momentan eine sehr peinliche Angelegenheit und wir hatten selbst einen Schreck bekommen. Wir sagten uns später, an den Parkbänken werfen wir nie wieder einen Ball.

Chiko sagte sich sehr wahrscheinlich, das ist mein Ball und wenn er unter einer Parkbank liegt, dann müssen die Leute den wieder herausrücken, sonst werde ich sehr laut, das müssen sie doch verstehen?

Deswegen bin ich doch kein ungezogener Hund!

Kapitel 17

Markieren

Meine Frau und ich liefen mit Chiko an einem schönen Wochenende am Lech Ufer entlang. Hier begegnete uns eine sehr nette Frau, die wir schon sehr lange kannten, sie war ganz aufgelöst und erzählte uns ihr Leid.

Die Frau besaß einen kleinen Mischling, eigentlich ein sehr lieber, ruhiger Mischling, der sich auch mit unserem Chiko sehr gut verstand, sie spielten sehr oft zusammen. Ich möchte behaupten, dass dieser Hund besser erzogen war, als unser Radaubruder.

Sie fing sofort an zu erzählen: „Stellt euch vor, was mein Kleiner gestern angestellt hat, das hat er noch nie gemacht, ich musste mich schämen, ich wäre am liebsten in Grund und Boden versunken!"

Die Frau war auf einen Kaffeeplausch bei einer sehr guten Bekannten, auch die Hunde verstanden sich sehr gut. Die Frauen saßen schon eine längere Zeit zusammen, hatten schon ein paar Tassen Kaffee getrunken und dazu ein Stück Kuchen gegessen.

Plötzlich bestand die Gastgeberin darauf, dass sie zum Abschluss des netten Kaffeekränzchens noch einen guten Likör trinken könnten. Sie stand sofort auf und brachte aus dem Wohnzimmerschrank zwei Gläser und den dazugehörigen Likör und stellte es auf dem Tisch ab.

Die Hunde spielten nach wie vor zusammen und tollten ununterbrochen durch die Wohnung. Als die Gastgeberin gerade den Likör einschenken wollte. Sah unsere Bekannte, dass ihr Rüde in diesem Moment sein Füßchen hebt und an ein Eck des Wohnzimmerschrankes pinkelte!

Sie rannte sofort zu ihrem Hund und schimpfte ihn aus, aber was half es, ihr Hund hatte schon den Schrank markiert. Unsere Bekannte war außer sich, sie schämte sich, sie wäre am liebsten im Boden versunken, ihr Liebling hat in eine fremde Wohnung gepinkelt, so etwas hat er noch nie gemacht.

Die Gastgeberin sah das nicht so schlimm, denn sie hatte vor ein paar Tagen einen anderen Besuch mit einem Hund und dieser Vierbeiner hat auch genau an diese Stelle gepinkelt.

Jetzt war unserer Bekannten alles klar, ihr Hund hat das gerochen und wollte seinen Geruch dort hinterlassen. Daraufhin bestand unsere Bekannte, dass sie die markierte Stelle mit einem gut riechenden Mittel putzt, damit kein anderer Hund mehr auf die Idee kommt, den schönen Wohnzimmerschrank zu markieren. Sie reinigten gleich die Stelle zusammen und sprühten etwas Parfüm hin und glaubten, dass somit alles erledigt ist.

Danach brachten sie den Tag mit einem guten Likör und einer Tasse Kaffee zu Ende und lachten über den kleinen Vorfall und wollten, dass es schnell vergessen wird. Daraufhin plauschten sie noch eine Weile und gingen später zusammen noch mit ihren Hunden eine kleine Runde.

Der Hund hat sich wohl gedacht, wenn hier ein anderer Hund den Wohnzimmerschrank markiert hat, dann darf ich es auch, ich kann es nicht haben, wenn es nach einem anderen Hund riecht, besondcres wenn, es ein Rivale ist. Mein Geruch ist der Beste und den muss jeder andere Kamerad kennen.

Deswegen bin ich doch kein ungezogener Hund!

Kapitel 18

Bella

Es ist mal wieder eine Geschichte, die dreht sich um das Runde, einen Ball, aber um einen kleinen Tennisball. Inzwischen war überall bekannt, dass Chiko`s einziges Spielzeug ein Ball ist, er will nichts anderes, Hauptsache sein Spielzeug rollt, hüpft und er kann ihn fangen oder gleich einen großen Fußball durch den Garten schieben.

Es war ein schöner Sommertag, es besuchte uns ein Nachbar aus unserer Wohnanlage und er brachte seine Cocker Spaniel Dame Bella mit. Es war ganz normal, dass er seine Hündin mitbrachte, denn Bella und Chiko verstanden sich sehr gut, unser kleiner Rüde freute sich über den netten Besuch, denn es war immerhin ein Weibchen.

Die Hunde begrüßten sich recht überschwänglich. Nur was ich nicht so gut fand, dass Bella ihren eigenen Tennisball mitbrachte, weil ich kenne meinen Chiko!

Aber Frank unser Nachbar winkte ab und meinte, wenn Chiko den Ball haben will, wir haben noch eine ganze Kiste im Wohnzimmer stehen. Aber ich dachte mir sofort, ob das gut geht?

Wir setzten uns auf die Terrasse und tranken unseren Kaffee, die Hunde spielten ohne Ball und rannten ausgelassen durch den Garten. Alles ging gut, wir unterhielten uns und dachten nicht mehr an den einen Ball.

Plötzlich war es ganz ruhig im Garten, die Hunde spielten nicht mehr zusammen. Wir schauten gleich nach, was die Hunde trieben? Sie lagen beide im Gras und ruhten sich aus, aber was sah ich da, Bella hatte ihren Ball im Maul und Chiko lag vor ihr und sofort knurrte er sie an. Er wollte unbedingt ihren Ball haben, obwohl genügend andere Bälle im Garten von ihm herumlagen.

Was folgen würde, war klar. Bella verteidigte ihren Ball und griff sofort an. Es gab eine kurze heftige Auseinandersetzung, die Hunde stritten sich um einen Ball, obwohl jeder mindestens fünf Bälle haben könnte, so viele würden sie gar nicht in ihr Maul bekommen.

Frank sprang sofort auf und nahm Bella den Ball weg und steckte ihn ein. Plötzlich war wieder Friede und die Hunde sahen nur noch auf Frank, wie er ihren geliebten Ball wegsteckte, ihre Augen verfolgten den Ball.

Er witzelte zu ihnen: „Ihr Hunde seit alle bescheuert, ihr kämpft um einen Ball, obwohl viele andere herumliegen, aber nein es muss der Eine sein und den nehme ich euch jetzt weg, jetzt schaut ihr blöd, jetzt ist wieder Friede!" Siehe da, auf einmal wollten die Hunde wieder ganz normal spielen und wir konnten in Ruhe uns weiter unterhalten und Kaffee trinken.

Bella hatte sich wohl gedacht, dem blöden Hund übergebe ich nicht meinen Ball, der hat doch viel mehr Bälle, als ich!

Chiko hatte sich wohl gedacht, auch wenn Bella ein Weibchen ist, diesen Ball nehme ich ihr weg, dann habe ich einen mehr!

Nur das witzige war, anscheinend weil sie ihren Ball nicht mehr hatte, nahm Bella heimlich einen Tennisball von Chiko als Souvenir mit und er schaute dabei nur blöd drein!

Kapitel 19

Schön ausgehen

Es gibt etwas Neues über Hunde zu berichten, die Geschichten werden nie enden. Ein benachbartes Pärchen hatte eine schwere Arbeitswoche hinter sich und sie hatten sich vorgenommen, dass sie es einmal richtig krachen lassen. Sie wollten gepflegt essen gehen und danach noch etwas tanzen gehen.

Die Frau freute sich schon im Vorfeld auf den schönen Abend und stylte sich im Bad auf das geplante Ereignis, der Tisch in dem schönen noblen Restaurant war schon reserviert. Der Mann ging in dieser Zeit mit dem kleinen Mischling noch eine große Runde Gassi.

Danach machte sich auch Herrchen schick, Frauchen suchte in ihrem Kleiderschrank inzwischen das eleganteste Kleid konnte aus, das sie finden konnte und brachte alles zur perfekten Vollendung. Sie waren fertig und der schöne gepflegte Abend konnte beginnen. Die Vorfreude war bei ihnen sichtlich zu sehen. Selbst das Auto hatte Herrchen auf Hochglanz gebracht!

Herrchen fuhr ihr Auto aus der Garage und machte seiner Frau die Beifahrertür auf und sie setzte sich gleich strahlend ins Auto, plötzlich hörten sie wie ihr Hund jammerte, als würde sie noch einmal austreten müssen. Der Mann fragte seine Frau, was hat unser Hund, er hat nie gejammert, wenn wir außer Haus gegangen sind? Sie antwortete daraufhin, vielleicht muss sie noch einmal pinkeln, lasse sie einfach noch einmal in den Garten, dann wird sie schon zufrieden sein, wir müssen uns dann aber beeilen, wir kommen sonst zu spät!

Gesagt, getan, die Hündin sprang sofort in den Garten und setzte sich noch einmal hin, um ihr Geschäft zu machen. Was ich bis jetzt noch nicht erwähnt hatte, an dem Abend regnete es ein wenig und zwischen Garage und Garten war kein Zaun vorhanden.

Die Hündin sprang übermütig durch den Garten, sie wollte unbedingt noch ein wenig spielen und plötzlich sah sie ihr Frauchen im Auto sitzen, sie hatte ihre Autotür noch nicht geschlossen, sie hatte noch einen Schminkspiegel in der Hand und wollte ihr Design noch etwas nachbessern, sie bemerkte ihren Liebling nicht.

Der kleine Mischling hatte nur noch Augen für sein Frauchen und rannte gezielt auf das Auto zu und war mit einem Satz auf ihrem Schoß, ein Schrei des Entsetzens, Kira nein, du bist ein Schwein, jetzt ist mein schönes Kleid dreckig. Ja, Kira hieß ihre Hündin.

Frauchen scheuchte die verschmutzte Hündin von ihrem Schoß herunter und sprang entsetzt aus dem Auto und schaute sich von oben bis unten an und fauchte mit heulender Stimme: „Das Kleid kann ich jetzt vergessen, ich muss mich noch einmal umziehen, so kann ich nicht außer Haus gehen!"

Herrchen meinte: „Das kann Stunden dauern, dann können wir die Reservierung vergessen." Frauchen meinte: „Dann sagen wir einfach ab, ich ziehe meine Jeans an, wir gehen Pizza essen und nehmen Kira mit."

Es wurde trotzdem noch ein schöner entspannter Abend und die Hündin war auch zufrieden.

Kira meinte: „Habe ich das nicht gut gemacht, jetzt darf ich mit, so einfach ist das!

Bin ich deswegen ein ungezogener Hund?"

Kapitel 20

Ein gefräßiger Streuner

Eines Tages stand ein sehr schöner Labrador-Mischling vor unserem Garten, unser kleiner Chiko führte sich natürlich auf, einen fremden Hund kann unser kleiner Hund vor seinem Revier überhaupt nicht akzeptieren, das geht in seinen Augen überhaupt nicht, er bellte und knurrte den Konkurrenten an und wollte ihn vertreiben.

Meine Frau und ich arbeiteten gerade im Garten, wir waren gerade dabei den Garten für den nächsten Winter vorzubereiten. Wir begutachteten den Hund, es war noch ein sehr junger Rüde. Er war ganz brav, ruhig und zugänglich. Was uns nur wunderte, der Hund besaß kein Halsband, sofort kam die Frage, wem gehört der Hund, wo ist sein Herrchen, ist er von seinem zu Hause entlaufen?

Was machen wir, wir wollten nicht sofort das Tierheim anrufen? Meine Frau ging in den Abstellraum und brachte ein paar Leckerlis und gab sie dem armen Hund. Er schien mächtig Hunger zu haben, er fraß alles, was man ihm unter die Nase hielt.

Chiko beobachtete jeden Bissen, den er hinunterschlang und bellte seinen Rivalen an. Als er seinen Appetit gestillt hatte, lief er weiter und wir machten unsere Gartenarbeit weiter. Der junge Hund war nicht mehr zu sehen und unser Hund beruhigte sich wieder.

Plötzlich hörten wir einen Schrei von einer Nachbarwohnung mit Garten und ein paar Sekunden später, war der Hund plötzlich wieder vor unserem Garten und schleckte ununterbrochen seine Schnauze ab. Die Nachbarin kam gleich hinterhergerannt.

Sie erzählte uns daraufhin, dass ihre Terrassentür aufstand und plötzlich war der Hund vor ihr in der Wohnung, sie hatte sich ein Wurstbrötchen für eine kleine Mahlzeit hergerichtet und wollte das Brötchen in diesem Moment zu sich nehmen. Nur der Hund war eine Sekunde schneller und schnappte sich das leckere Teil und verschwand damit im Garten und weg war es. Sie erklärte, sie habe normal keine Angst vor cinem Hund, aber sie erschrak trotzdem so sehr, weil sie nicht damit gerechnet hatte. Daraufhin waren wir alle der Meinung, es musste etwas unternommen werden, wir rufen bei der Polizei an und die sollen besser den gefräßigen Hund zu sich nehmen und den Besitzer herausfinden.

Plötzlich kam ein junger Mann ganz aufgelöst aus einem Nachbarhaus gerannt und erklärte, dass der Hund seiner Freundin gehöre, sie haben nur geduscht und die Terrassentür stand auf und als sie aus der Dusche kamen, war der Hund plötzlich verschwunden.

Als wir erzählten, dass wir kurz davor waren, die Polizei zu verständigen und wir ihn mit Leckerlis gefüttert hatten und die Nachbarin erzählte ihm, dass der Hund bei ihr noch ein Wurstbrötchen stibitzt und vertilgt hatte. Schlug die Stimmung des Mannes um, er war total ungehalten und schnauzte uns an: „Der Hund darf nicht soviel fressen, man muss halt aufpassen, wenn die Terrassentür aufsteht, man muss sein Wurstbrötchen nicht einfach so herumliegen lassen und der Hund darf keine Leckerlis bekommen, man sollte vorher den Besitzer fragen!" Wir fragten ihn: „Wer hat hier die Terrassentür aufgelassen?"

Daraufhin packte der Mann seinen Hund grob und verschwand schnell mit ihm im Nachbarhaus und wir sahen den Hund danach nie wieder. Der Hund wird sich wohl gedacht haben, das riecht lecker, so etwas habe ich noch nie bekommen, das muss ich einmal ausprobieren!

Deswegen bin ich doch kein ungezogener Hund!

Kapitel 21

Das Blumenbeet

Wir waren eingeladen, Chiko unser kleiner Räuber durfte natürlich mitkommen. Denn unsere Freunde besaßen auch einen kleinen Hund. Unser Hund beobachtete genau unter der Fahrt in welche Richtung wir fahren. Als wir in die Straße einbogen, dort wo sein Freund wohnte, wurde Chiko nervös, er konnte es nicht abwarten, bis er aus dem Auto herausgelassen wurde und er stürmte sofort in den Garten, dort erwartete ihn schon sein Freund und er wurde mit großer Freude begrüßt. Sofort fingen sie an, zu spielen und zu toben. Die Frauen warnten die beiden noch, damit sie die schönen Blumen nicht niedertrampeln.

Es war Frühjahr, unsere Freunde hatten gerade ein schönes Blumenbeet bepflanzt, in jedem Eck blühte es, Tulpen, Narzissen und andere schöne Pflanzen zeigten ihre Blütenpracht. Die Freunde legten ihr Gartenwerkzeug auf die Seite und unsere Freundin meinte: „Jetzt trinken wir erst einen Kaffee, das bisschen können wir später noch fertigmachen!"

Unsere Hunde rannten ausgelassen durch den Garten. Sie durften bei ihnen spielen und sie wussten, wo sie rennen und toben durften. Die Frauen warnten noch einmal die beiden Radaubrüder, damit sie die schönen Blumen nicht niedertrampeln.

Wir setzten uns zu ihnen auf die Terrasse und beobachteten die Hunde, wie sie sich jetzt austobten und wie wild durch den Garten rannten. Auch schauten wir von der Terrasse aus, die sehr schöne Blütenpracht im Garten an, unsere Freunde hatten einen richtigen grünen Daumen. Wir gaben uns auch sehr große Mühe unseren Garten so schön herzurichten, aber dass alles so schön blüht, brachten wir nie zustande. Dafür beneideten wir sie ein wenig.

Inzwischen brachte unsere Freundin frisch gebrühten Kaffee und selbst gebackenen Kuchen, unsere Freunde setzten sich zu uns und wir konnten unseren gemütlichen Kaffeeplausch beginnen. Es war ein sehr schöner Tag, unsere Lieblinge spielten ausgelassen weiter. Wir beachteten unsere Hunde gar nicht mehr, denn wir glaubten, sie wissen, wo sie spielen durften.

Stunden vergingen und wir redeten über dies und das, natürlich auch über unsere Hunde und so kam die Zeit, dass wir uns langsam verabschieden wollten. Wir standen auf und riefen unsere Hunde zu uns. Bevor wir gingen, wollten wir zusammen uns noch den sehr schönen, gepflegten Garten anschauen.

 Plötzlich kam von unserer Freundin ein entsetzter Schrei, sie lief zu ihrem frisch angepflanzten Blumenbeet, von ihren schönen Tulpen und Narzissen war nichts mehr zusehen. Unsere Hunde schlichen sich plötzlich ganz leise davon. Die Hunde haben in der Zeit, als wir Kaffee getrunken hatten, die sehr schöne Blumentracht niedergetrampelt. Sie schrie, wer war das? Wer ist der kleine Bösewicht, der meine schönen Blumen niedergetrampelt hat?

 Die Hunde hatten sich inzwischen in sicherer Entfernung ins Gras gelegt und ihre Ohren waren nach unten geklappt, sie wussten ganz genau, um was es ging, dass wir über sie reden? Ihr Mann meinte: „So wie die Blumen ausschauen, war das nicht ein Hund, alle beide stecken unter eine Decke und ich denke, sie wissen ganz genau, was sie angestellt haben?"

 Unsere Hunde dachten sich, wir wollen toben und wenn die blöden Blumen im weg sind, können wir doch nichts dafür!

 Deswegen sind wir doch keine ungezogenen Hunde!

Kapitel 22

Die Stolperfalle

Unser kleiner Chiko spielt sehr gerne mit einem Ball, er braucht kaum ein anderes Spielzeug, Tennisball und Fußball, das ist das wichtigste. Wir müssen mit ihm jeden Tag mindestens eine Stunde Ball spielen, am liebsten ist es ihm, wenn wir ihn am Abend noch ein wenig auspowern, das braucht der kleine Vierbeiner, er legt uns den Ball so lange vor unsere Füße, bis wir mit ihm spielen. Er weiß ganz genau, wie er uns um den Finger wickelt.

Mit seiner ganzen Energie schiebt er den großen Fußball durch das Wohnzimmer oder in seinem Garten, natürlich ist es kein echter Lederball, wenn er mit dem Fußball fertig ist, geht er zu den kleineren Tennisbällen über, diese werfen wir ihn und er fängt sie auf und bringt sie zurück. Natürlich hat der kleine Chiko nicht nur einen Tennisball und er würde sie alle am liebsten auf einmal in sein Maul nehmen, aber dafür ist der kleine Fußballstar zu klein.

Es war Sonntagabend, wie immer spielten wir mit ihm Ball, Chiko bekam überhaupt nicht genug, am liebsten würde er stundenlang spielen, der Abend wurde immer später und ich wollte ins Bett gehen, denn ich muss sehr früh aufstehen, denn der Wecker kennt keine Gnade und in die Arbeit fahren. Er wollte aber nicht aufhören und unaufhörlich weiter spielen. Er kann sich ja lange nach Belieben in sein Körbchen legen.

Wir räumten die Bälle weg und gingen ins Bett und Chiko legte sich schmollend in sein Bettchen. Ich musste aber spät in der Nacht noch einmal auf die Toilette. Ich schaltete wie immer kein Licht an, damit ich niemanden weckte.

Womit ich nicht gerechnet hatte, ich trat auf dem Weg auf einen Tennisball, ich rutschte aus und flog auf dem harten Fliesenboden. Mir tat alles weh und hatte daraufhin einige blaue Flecken, Gott sei Dank hatte ich mir nichts gebrochen. Es ging trotz großer Schmerzen, alles noch sehr glimpflich ab.

Unser kleiner, frecher Ballspieler hatte anscheinend nicht genug und schnappte sich die weggeräumten Bälle aus seiner Spielkiste und spielte im Dunkeln alleine weiter. So verstreute er sie im ganzen Wohnzimmer und ich hatte bei meinem nächtlichen

Toilettengang auf die gemeine Stolperfalle getreten und einen schmerzhaften Abgang auf dem harten Fliesenboden gemacht.

Meine Frau wurde natürlich von meinem Sturz trotzdem wach und half mir auf und ins Bett, Chiko schlief natürlich weiter, ihn störte es überhaupt nicht, dass ich auf dem harten Fliesenboden lag. Er, der kleine Pascha machte nicht die geringste Bewegung in seinem Hundekörbchen, er machte seinen Schönheitsschlaf ungerührt weiter.

Es war dann ein schmerzhafter Arbeitstag. Jetzt konnte ich meinen Kollegen, die auch einen Hund besaßen, eine lustige Hundestory von meinem Chiko erzählen.

Er hatte sich damals wahrscheinlich gedacht, wenn ihr nicht mit mir weiter Ball spielt, dann spiele ich alleine weiter und lasse die Bälle liegen, so wie mir es gefällt, ihr könnt sie auch in der Frühe wegräumen!

Deswegen bin ich doch kein ungezogener Hund, ich bin ein vernachlässigter Hund!

Kapitel 23

Der kleine Biber

Ein Arbeitskollege bekam vor kurzem ein acht Wochen alten Welpen, nach einem Foto, das ich mir anschauen durfte, musste es sich um einen Schäferhund Mischling handeln und es war nicht zu übersehen, dass es ein Rüde war.

Wir unterhielten uns daraufhin oft über unsere Lieblinge, aber nach einigen Wochen fragte er mich, ob meine Hunde auch so viel angeknabbert haben, wenn sie in diesem Alter waren.

Er war ratlos, er wusste sich nicht mehr zu helfen. Der kleine Hund hatte die Möbelecken angebissen, ein Rattan Gestell hatte er kaputt gebissen. Besser gesagt, er hatte es total zerlegt und im ganzen Wohnzimmer verstreut. Natürlich hatte er auch Ärger mit seiner Frau bekommen, das verschärfte die Lage für ihn um einiges.

Ich erklärte ihm, das sei ganz normal, wenn kleine Hunde ihr richtiges Gebiss bekommen, sie brauchen dann etwas Festes zu beißen, ich hatte in dieser Zeit immer einen Holzstock mit nach Hause genommen und an ihn konnten sie dann herumbeißen und ließen dann die Möbel in Ruhe. Für sie ist das ganz wichtig, dass sie etwas Hartes zu beißen bekommen!

Aber es kam bald noch härter, ein paar Tage später erzählte er mir, dass sein Hund alle Kabel, wie Internet, Telefon, Fernsehen usw. durchgebissen hatte. Er besaß wenige Steckdosen, deswegen hatte er seine Kabel an der Wand entlang am Boden verlegt. Gott sei Dank, hatte er die Stromkabel ausgeschaltet, denn er besaß eine Tischdeckdose mit Schalter.

Daraufhin nahm sich der Arbeitskollege den Rat von mir an und nahm einen Holzstock mit nach Hause und ich bekam keine schlechten Nachrichten mehr von diesem Hund erzählt.

Im Gegenteil, er hatte jetzt sehr großen Spaß mit seinem kleinen Racker, er machte große Spaziergänge und spielte sehr viel mit ihm. Er machte sich schon Gedanken, ihn in einer Hundeschule anzumelden. Nur hatte er noch nicht die Richtige gefunden.

Der Hund dachte sich wohl: „Ich bin doch kein ungezogener Hund, nur weil ich nichts Richtiges zu beißen habe, dann suche ich mir halt etwas Anderes!"

Kapitel 24

Eine nasse Flucht

Wie so oft kam mir eine neue lustige Geschichte zu Ohren, natürlich beim Gassigehen. Ein netter Herr, den wir schon lange kennen und fast täglich getroffen hatten, erzählte sie uns. Die Hunde kannten sich sehr gut und spielten schon sehr oft zusammen und wir hatten Zeit einen netten Plausch zu halten. Den Namen des Mannes kennen wir nicht, aber den Namen des Hundes, er ist ein junger Husky-Mischling und heißt Speedy.

Als er seine Geschichte erzählte, musste er selbst dabei lachen. Sein Hund geht sehr gern ins Wasser, aber zu Hause geduscht zu werden, das gefiel dem jungen Rüden überhaupt nicht.

Wie so oft gingen sie sehr früh an der Wertach entlang und sein Hund ging wie immer ins Wasser und jagte den Enten hinterher, was ihm großen Spaß bereitete. Diesem Hund machte es nichts aus, wenn das Wasser kalt war. Man hätte meinen können, je kälter das Wasser, umso schöner war es, er wollte überhaupt nicht mehr herauskommen. Herrchen musste ihn oft ein paar Mal rufen, bis er endlich zu ihm kam.

Wenn er aus dem Wasser herauskam, hatte der Hund eine Eigenart, die dem Herrchen überhaupt nicht gefiel. An diesem Platz, wo der Hund gern ins Wasser ging, ist sandiger Boden und genau dort wälzte sich der Hund jedes Mal nach seinem Wassergang, der ganze Sand hing im Fell. Dem Husky gefiel es, aber Herrchen sah es mit Argwohn, er schrie seinen Hund an und befahl ihm das Wälzen aufzuhören, aber es half nichts.

Also gingen sie nach Hause und der Hund musste unter die Dusche, sein Fell musste gereinigt und gebürstet werden. Das gefiel Speedy überhaupt nicht, er hatte schon öfters versucht, dabei auszureißen, es gelang ihm nie, aber diesmal war es so weit.

Das Wasser hatte sogar eine für ihn angenehme Temperatur und das Herrchen spritzte sein dreckiges Fell ab, plötzlich drehte sich der Hund um, das Herrchen rutschte dabei aus und der Hund rannte mit seinem nassen Fell ins Wohnzimmer.

Er schüttelte sich aus, das sandige Wasser spritzte über die Möbel und die vom Sand braunen Tropfen waren an der weißen Wand zu sehen.

Es reichte noch nicht, er ging an der Couch vorbei und rieb seinen Körper ab. Herrchen erzählte lachend weiter: „Er hätte ihn in diesem Moment in der Luft zerreißen können!"

Wir meinten: „Warum scheuchst du deinen Hund nicht noch einmal in die Wertach, damit der Sand wenigstens weg ist." Das Herrchen meinte: „Dann wälzt er sich noch einmal im Sand, als wenn er es mir mit Fleiß machen würde. Er lernt die schwierigsten Kunststücke, aber kapiert nicht, dass er sich nass nicht im Sand wälzen soll." Aber Herrchen erzählte lachend weiter: „Ich habe aber eine andere Lösung und das wird ihm gar nicht gefallen, ich werde ihn nächstes Mal im Garten mit dem Gartenschlauch duschen, ich dusche in nie mehr in meinem Bad ab und bürsten auch nicht. Dann brauche ich das Bad danach auch nicht sauberzumachen! Wer nicht hören will, der muss leiden."

Der Hund dachte sich wohl, ich war doch im Wasser, warum soll ich zu Hause noch einmal nass gemacht werden, das ist doch langweilig, dort ist kein Sand!

Bin ich deswegen ein ungezogener Hund?

Kapitel 25

Wo ist Lina

Lina eine liebe Hundedame aus der Nachbarschaft ist sehr ängstlich. Der kleinste Krach, obwohl sie ein reinrassiger Puli ist, Donner oder ein Knall, die Hündin ist sofort im Bad oder in einem anderen dunklen Eck in der Gartenwohnung verschwunden. Zittert wie Espenlaub und kommt stundenlang nicht mehr aus ihrem Versteck. In der Silvesternacht leidet die arme Lina sehr arg, sie war nie vor den Morgenstunden zu sehen!

Der ängstliche Hund ist dann nicht mehr aus seinem Versteck zu bringen, kein zurufen und das beste Leckerli hilft nicht, der Hund hat einfach zu große Angst.

An einem schönen Sommertag waren wir bei unserer Nachbarin auf einen Kaffee eingeladen. Lina und unser Hund Chiko spielten ausgelassen im Garten.

Als es Abend wurde, verdunkelte sich der Himmel und es zog ein Gewitter auf. Plötzlich donnerte es leise, wir beachteten den leisen Donner überhaupt nicht. Kurze Zeit später kam Chiko zu uns gelaufen, sofort schaute unsere Nachbarin und fragte: „Wo ist meine Lina, hat es gerade gedonnert?"

Lina war nicht zu sehen. Die Frau sagte noch: „Sie hat sich bestimmt im Bad versteckt." Sie lief sofort ins Bad und schaute nach. Aber da war sie nicht, wo ist die ängstliche Dame hin? Sie hatte sich immer, im dunklen Bad versteck?

Die ganze Wohnung lief die Nachbarin ab, aber Lina war nicht zu finden, sie fing an ihren Hund zu rufen, aber nichts rührte sich, kein Bellen, kein Winseln war zu hören.

Das Rufen der Frau wurde immer lauter, wir wollten das Chiko uns zeigt, wo Lina sich verkrochen hat, aber er legte sich faul in Linas Körbchen und streckte sich aus.

Jetzt fingen wir den ganzen Garten abzulaufen und suchten die Büsche ab, aber Lina war nicht aufzufinden, wo war sie, wo hat sie sich versteckt? Wir waren ratlos, wir hatten keine Ahnung wo sich der ängstliche Hund versteckt hatte. Wir wussten nicht, wo wir sonst noch suchen könnten?

Das Donnern wurde lauter und die ersten Tropfen fielen vom Himmel und Lina blieb verschwunden. Die Tropfen wurden schnell größer und platschten schon auf den Boden.

Plötzlich kam ein schwarzer Hund unter einer Hecke herausgeschossen und rannte direkt in die Wohnung und versteckte sich im Bad, es war natürlich Lina! Wir hatten sie unter den dichten Büschen nicht erkennen können.

Das Problem hatte sich von alleine gelöst, denn Lina wollte auch keine Nässe von oben, sie mag keinen Regen, darum kam sie aus ihrem Versteck geflitzt und suchte woanders Schutz.

Lina sagte sich, wenn ich Angst habe, bin ich doch kein ungezogener Hund! Im Gegenteil, ich muss mich beschützen!

Nachwort:

Es wird mir weiterhin großen Spaß bereiten, die Geschichten, die mir von anderen Hundebesitzern erzählt werden, aufzuschreiben. Gerade, wenn sie lustig sind und einem zum Schmunzeln bringen, an die lieben Menschen, die sie gerne lesen weiterzugeben. Ich hoffe, es werden noch viele Storys sein.

Peter S. Fischer